AF479613

JESULEINE

Y

SUS

AVENTURAS

Jesus Cabrera del Pino

Había una vez un niño llamado Jesús, un pequeño valiente de ocho años con ojos llenos de curiosidad y una sonrisa que iluminaba cualquier habitación. Aunque a veces se asustaba, siempre demostraba su coraje con valentía. Jesús tenía una hermana mayor llamada Aitana, un gato travieso llamado Covi y su corazón latía al ritmo del balón de fútbol que siempre llevaba consigo.

Era la víspera de Navidad, y Jesús se despertó emocionado, listo para sumergirse en la magia de la temporada. Pero, ¡oh sorpresa!, al levantarse, se dio cuenta de que no había luz en casa. Su madre le explicó que era un corte de luz que duraría solo media hora.

Jesús, con su espíritu valiente, decidió hacer de ese tiempo algo especial. Se puso su abrigo, agarró su linterna y salió a explorar el mágico mundo de las sombras navideñas. Fue entonces cuando apareció su madrina mágica, Ainoa, una hada encantadora con alas resplandecientes, un pelo muy largo y una varita mágica que brillaba como las luces del árbol de Navidad.

—¡Hola, Jesús! —dijo Ainoa con una risa chispeante—. ¿Te gustaría vivir una aventura mágica esta Navidad?

Con una sonrisa aún más grande, Jesús asintió emocionado. Juntos, volaron por los cielos estrellados, cruzaron campos cubiertos de nieve y exploraron bosques encantados. Ainoa le contó historias sobre duendes juguetones y renos que bailaban bajo la luz de la luna.

—¿Sabes, Jesús? —comenzó Ainoa con entusiasmo—, en este bosque encantado vivía un pequeño duende llamado Tris. Tris siempre llevaba un sombrero puntiagudo y zapatos de brillantes hebras de oro. Su misión era esparcir alegría y risas por todo el bosque.

Jesús, con los ojos llenos de asombro, preguntó: —¿Y qué hacía Tris para esparcir alegría?

Ainoa sonrió y continuó: —Oh, Tris tenía una risa mágica que hacía que todos los animales del bosque se unieran en una gran fiesta. Pero un día, la risa de Tris desapareció, y el bosque se volvió silencioso y triste.

Jesús se preocupó: —¿Qué le pasó a la risa de Tris? Ainoa suspiró con nostalgia: —Resulta que a Tris se le cayó una de sus botas doradas mientras jugaba en la nieve. Sin ella, se sentía triste y no podía encontrar su risa mágica. Pero entonces, una noche especial como esta, la luna llena brilló con fuerza y le mostró a Tris el camino hacia su bota perdida.

Jesús, intrigado, preguntó: —¿Y qué hizo Tris? Ainoa rió con delicadeza: —Tris siguió el resplandor de la luna y, con la ayuda de sus amigos animales, encontró su bota dorada. ¡Y así, la risa mágica regresó al bosque! Desde entonces, en cada noche de luna llena, los duendes y animales bailan y ríen bajo su luz plateada. De repente, llegaron a la Tierra de las Luces Perdidas, un lugar mágico donde las estrellas caídas iluminaban el camino.

—Bienvenidos a la Tierra de las Luces Perdidas, Jesús —anunció Ainoa con una reverencia, mientras las estrellas caídas parpadeaban como luciérnagas alrededor de ellos. Jesús observaba con admiración el resplandor mágico que llenaba el lugar. —¡Es increíble, Ainoa! ¿Cómo puedo llevar esta luz a casa?

Ainoa sonrió con ternura y le entregó una pequeña vela mágica con destellos dorados. —Con esta vela, podrás llevar la luz a tu hogar. Solo cierra los ojos, piensa en la calidez de tu casa y pronuncia las palabras "Luz de estrellas, guía mi camino".

Ainoa le mostró a Jesús cómo encender una vela mágica, la cual le permitiría llevar la luz a su hogar mientras se solucionaba el corte de electricidad.

Jesús siguió las instrucciones de Ainoa, cerró los ojos con fuerza y repitió las palabras mágicas. Cuando los abrió, la vela en sus manos brillaba intensamente. —¡Funcionó, Ainoa! ¡La vela está iluminada!

—Ahora, sostén la vela con cuidado y camina hacia tu casa. Las estrellas caídas te guiarán en el camino de regreso —indicó Ainoa, señalando el sendero luminoso que se extendía ante ellos.

Con la vela mágica iluminando su camino, Jesús siguió las estrellas brillantes mientras Ainoa lo acompañaba con su varita resplandeciente. El bosque encantado se iluminó con la luz dorada de la vela, creando sombras danzarinas entre los árboles.

—Recuerda, Jesús, la magia de la Navidad está en cada corazón que brilla con bondad y amor —aconsejó Ainoa mientras llegaban a la puerta de la casa de Jesús.

Jesús asintió con gratitud y abrió la puerta de su hogar. La luz de la vela llenó cada rincón, disipando la oscuridad del corte de electricidad. Su madre y su hermana, sorprendidas, lo recibieron con alegría.

—¡Mira, mamá, Ainoa me ayudó a traer la luz de las estrellas a casa! —exclamó Jesús, mostrando orgulloso la vela mágica.

La madre de Jesús sonrió y le dio las gracias a Ainoa con una mirada llena de asombro y gratitud. La madrina mágica, con un parpadeo en sus ojos centelleantes, se despidió con cariño.

—Recuerda, Jesús, la magia siempre está en tu corazón. ¡Feliz Navidad, mi valiente amigo!

Después de haber iluminado su hogar con la luz mágica de la vela, Jesús y Ainoa decidieron explorar más allá del bosque encantado. Se aventuraron por colinas cubiertas de nieve, deslizándose con risas por toboganes naturales formados por la suave capa blanca. A medida que avanzaban, descubrieron una aldea mágica donde los duendes trabajaban arduamente para preparar regalos para la gran noche.

—¡Aquí es donde los duendes crean la magia de la Navidad! —exclamó Ainoa, señalando las pequeñas casitas iluminadas por luces parpadeantes.

Jesús se unió a los duendes en sus juegos y ayudó a construir juguetes mientras Ainoa compartía historias divertidas sobre las travesuras de estos pequeños seres mágicos. Juntos, rieron y jugaron hasta que la aldea resplandeció con la alegría contagiosa de la temporada.

La aventura los llevó luego a un lago congelado, donde descubrieron un espectáculo mágico: renos patinando con gracia bajo la luz de la luna. Ainoa invitó a Jesús a unirse a ellos, y juntos deslizaron por el hielo, dejando estelas de chispas mágicas a su paso.

Mientras patinaban, Ainoa compartió la historia de Rudolf, el reno con la nariz brillante.

—Jesús, ¿quieres escuchar una historia mágica sobre un reno muy especial? —preguntó Ainoa con brillo en los ojos.

—¡Sí, Ainoa! ¡Las historias mágicas son mis favoritas! ¿De quién se trata? —respondió Jesús con entusiasmo.

Ainoa sonrió y comenzó a contar la historia:

—Había una vez en la Tierra de las Luces Perdidas un reno pequeño y tierno llamado Rudolf. Pero lo que lo hacía especial no era su tamaño ni su velocidad, sino su nariz, que brillaba como una estrella.

—¿Una nariz brillante? —preguntó Jesús con asombro.

—Sí, exactamente. Pero al principio, Rudolf se sentía triste porque era diferente. Los demás renos se burlaban de él —explicó Ainoa.

Jesús frunció el ceño en señal de desaprobación.

—¡Eso no es justo! —exclamó.

Ainoa asintió y continuó la historia:

—Así es, pero Rudolf no se dejó vencer. Una Nochebuena, una densa niebla cubrió el cielo mientras todos los renos se preparaban para tirar del trineo de Papá Noel. Fue entonces cuando Rudolf tuvo una idea brillante, nunca mejor dicho. ¡Su nariz podría iluminar el camino a través de la niebla!

—¡Qué inteligente! —dijo Jesús con emoción.

—Exacto. Rudolf se adelantó y guió el trineo con su nariz brillante, iluminando la oscuridad y permitiendo que Papá Noel entregara regalos a todos los niños del mundo. Desde ese día, Rudolf se convirtió en el reno más querido y respetado de todos.

Jesús sonrió y preguntó:

—¡Esa es una historia increíble, Ainoa! ¿Y qué pasó después?

—Después de esa mágica Nochebuena, Rudolf nunca se sintió triste por ser diferente. Descubrió que su singularidad era lo que lo hacía extraordinario, y cada año, su nariz brillaba aún más, iluminando la Navidad para todos.

Jesús reflexionó por un momento y luego dijo:

—Aprendió a apreciar lo especial que era. ¡Eso es genial!
Ainoa acarició la cabeza de Jesús con ternura.

—Sí, Jesús, cada uno de nosotros tiene algo único y mágico. Y recuerda, la verdadera magia está en abrazar lo que nos hace diferentes.

Jesús escuchó maravillado cómo Rudolf, inicialmente tímido por su peculiaridad, descubrió que su luz especial era lo que iluminaba el camino para Papá Noel en la oscura noche de Navidad.

La noche avanzaba, y Jesús y Ainoa se dirigieron hacia el punto más alto de la colina, desde donde podían ver la Tierra de las Luces Perdidas y la aldea de duendes en la distancia. El cielo estaba lleno de estrellas centelleantes, y Ainoa guió a Jesús en la creación de un deseo especial para la Navidad.

—Cierra los ojos y piensa en un deseo, Jesús. Pero recuerda, los deseos más mágicos provienen del corazón.

Jesús cerró los ojos con fuerza y formuló su deseo mientras sostenía la vela mágica. Cuando los abrió, la vela parpadeaba más brillante que nunca, llevando consigo la magia de su deseo hacia el cielo estrellado.

—¡Feliz Navidad, Jesús! —dijo Ainoa, abrazando al niño con calidcz mágica.

Y así, con el corazón lleno de alegría y la vela mágica guiando su camino de regreso a casa, Jesús y Ainoa concluyeron su aventura navideña, llevando consigo la magia y la luz de la Navidad a cada rincón de sus corazones.

FIN